NDI

« Il y a toujours une
aube d'espérance après les
blessures des tribulations de la vie.

A chaque larme de désespoir naît
un soleil de bonheur »

Nelly N. EBANG

Nelly N. EBANG

NDI

A toi Esther…

Par tes mots j'ai chassé les maux, les incertitudes, les déceptions et les doutes existentiels. Tu as su guider mes pas fragiles dans ces chemins ardus.
Aujourd'hui, je suis dressée, le regard levé vers les horizons définis.
Je suis ton cri poussé, ta douleur comblée, ton souffle apaisé.
Je suis **NSA** la belle-mère aimée.
Apprends-moi à voir avec les yeux de la vie.
Je t'aime maman.

I

Il existe bien des mystères de la vie, des choses étranges et impénétrables. Un monde emplit d'évènements existentiels, d'un occultisme ahurissant. Bons nombres de mésaventures, de phénomènes ineffables dépassant notre entendement. D'aucuns demeurent dans l'ignorance absolue de ces autres mondes parallèles, de ces êtres si proches, si ressemblants, si apparents, et si secrets. Comment comprendre toutes ces apparitions, ces voix sombres et inaudibles venant des tréfonds d'outre- vie, d'outre-tombe. Ces visages incertains si familiers qui accompagnent chaque jour, chaque nuit mon existence. Je suis NDI, l'espoir blessé…

J'ignore jusqu'où s'étend l'horizon derrière lequel se cache la courbe de ma destinée. Je scrutais mon être afin de trouver des réponses à cette obscure partie de moi que je voulais voir disparaître. Cet autre moi, si taciturne, si énigmatique. Me dévisageant à chaque mélancolie du soir. Comment toutes ces péripéties sont apparues dans ma vie, quelle en était la genèse ? Ce n'était certainement pas dans mon mutisme avéré que j'allais accoucher de ces interrogations béantes. J'ai commencé à y prendre conscience lorsque j'étais en vacances au Gabon, petit pays d'Afrique immensément prospère, où la misère est une prière quotidienne.

Un soir de saison sèche, à la mi-Août ourlée sous la clarté biscornue d'un clair de lune pourpre. Je vis des scènes ahurissantes sous formes de songes. Des images d'un réalisme troublant. Le corps inerte et ensanglanté d'un petit garçon, abandonné sur un sentier jonché de bois morts. Cela me paraissait absurde et insolite. Je ne savais pas comment l'interpréter. Au premier abord, on aurait dit un assassinat sans ambiguïtés. Je restais du moins perplexe. D'où me venaient ces tableaux atroces en rêveries odieuses. Mes interrogations laissaient place à un sentiment d'effroi. Persuadée que ce n'était que de simples hallucinations, j'essayais de me rasséréner. Mais, au fond de moi, je demeurais très anxieuse. Je restais un long moment engourdi, le regard cristallisé, rivé vers la porte de ma chambre qui me semblait entrouverte. Puis, j'entendis une voix d'une douceur sépulcrale, comme si elle venait de moi, comme si elle faisait corps avec mon être. Troublée, je me mis à tressaillir. Je ressentais l'haleine légère d'un vent frisquet. Cette voix intérieure me réconfortait, à chaque frayeur balbutiée et me sollicitait à l'écouter.

Je vis apparaitre ainsi, sous une lumière douchée, une ombre blanche. Elle s'approchait de moi, en flottant sur l'onde flamboyante qui se déversait dans mes yeux submergés d'émois. Sans mots elle m'invita à la suivre.

D'un craquement d'éclat instantané, je me retrouvais transportée, là, où se trouvait le corps du petit garçon. Je tenais dans mes mains un linceul blanc imbibé d'huile et de parfum mystérieux. Et une pierre marneuse rouge. En me rapprochant du corps, je vis que le petit garçon n'avait plus d'yeux. Du sang sortait de sa bouche gaufrée en nuage pourpre vaporeux. L'ombre blanche se tenait face à moi.

-Ne crains pas un corps sans âme envolée !

Me dit-elle.

-Que lui est-il arrivé ?

Lui demandais-je, apeurée !

-C'est l'agrume de la cruauté de l'homme à l'égard de son semblable. Une vie enlevée à un petit enfant.

-Pourquoi ?

-Pour rien ! Pour garantir pouvoir, fortune, honneur et opulence !

-Pauvre enfant ! Si jeune arraché à la vie ! Pourquoi, suis-je là et à quoi me servent ces choses dans mes mains ?

-Recouvre de linceul le visage du petit enfant, après l'avoir marqué de la pierre rouge que tu tiens dans ta main droite.

Sans ne rien comprendre à ce rituel étrange, je m'exécutais, les mains chancelantes. Puis, soudain, je vis les arbres autour de moi s'agiter, le vent semblait souffler du côté où se couchait le soleil. Il eut après un grand silence et là, je vis des ombres d'un blême ténébreux apparaitre autour du corps, portant des masques à têtes d'animaux insolites. Leur corps semblait s'ancrer dans la terre. Ils soulevèrent et enveloppèrent de feuillages et de ramilles, le corps du petit enfant. Psalmodièrent et prononcèrent des paroles d'une langue méconnue en tendant les mains vers le soleil. Invitant, en rengaine de bruitages, toutes les entités de l'eau, du feu, de l'air et de la terre au rituel. Et soudain, le corps disparu dans l'épaisse brume de l'air. Timorée, je me laissais tomber, sur des ramées restées humides alors que le soleil à pas d'Impala avait effectué sa besogne quotidienne. L'ombre blanche me releva et me réconforta.

-A présent, son corps est au près des siens mais son âme erre encore là où la poussière du temps ne s'élève pas.

Je ne comprenais rien à ce charabia ni à ces visions ahurissantes.
Après ces tours d'occultisme, une vive lumière m'éclaboussa et je me retrouvai dans ma chambre, allongée sur mon lit. L'ombre blanche avait disparu et je me levai timidement l'âme angoissée.

II

Ces étranges visions, ne me quittaient plus, elles étaient mon quotidien et ma vie. Je devais apprendre à les accepter, à les comprendre, à me les expliquer, à trouver la portée symbolique de certains signes et images qui revenaient à chaque fois éborgner ma conscience pesante.

Lorsque, je rencontrais mon premier compagnon, mes visions devenaient constantes et se révélaient de plus en plus. Je faisais énormément de rêves prémonitoires. De longs et étranges rêves qui n'en finissaient pas. Et souvent cette voix présente dans ces visions me recommandait d'informer les personnes concernées.

Au fil du temps, je constatais d'énormes changements en moi, des capacités inouïes, comme le pouvoir de prédire des choses à venir. D'énoncer certains faits du passé et bien plus encore. J'avais le don de guérison. Eh Oui ! Qui l'aurait cru ! Moi, la petite villageoise à la peau lessivée par le soleil du Grand Nord du Gabon, je pouvais communiquer avec les esprits. M'entretenir avec des personnes de l'au-delà, des parents disparus, des amis et parfois des gens inconnus qui m'enseignaient sur le sens des choses et sur la valeur de la vie après la mort.

Je n'en revenais pas, je restais parfois des journées entières à me demander si, ce qui m'arrivait était bien réel. Je refusais d'en parler autour de moi, et toute cette étrangeté, cette autre facette de moi, me faisait peur. J'apprenais petit à petit à interpréter, à transcrire certaines images que l'on me montrait dans ces visions constantes. Ces personnes d'outre-tombe communiquaient avec moi, de plusieurs façons. À travers des rêves, des songes, des voix, des signes…

Un jour, dans mon habituel quotidien, pendant ma sieste sous l'air ventail et frais du village à Essatop dans mon Bitam natal. J'eus une vision inopinée. Une personne décédée était venue me dire qui l'avait tuée et précipitée

dans l'autre monde.
J'eus très peur après cette révélation, j'étais effrayée de détenir une telle information.
Cette personne disparue me donna les détails de son décès et me révélait le lieu exact où son assassin avait trouvé refuge après avoir commis son acte funeste. Je ne savais quoi faire ni à qui en parler. Je me résignais à garder silence.
Quelque temps après, j'appris que le présumé assassin que j'avais vu en songe avait été retrouvé par la famille de la personne disparue. Ils avaient parait-il fait appel aux charmes d'un voyant appelé communément ''Nganga'', dans notre contrée, afin d'élucider la mort de leur proche.

Des mois après, je me rendais au domicile du disparu dans l'initiative d'informer la famille de certains messages venant de lui. Sur la route qui me menait au domicile familial de ce dernier, je rencontrais par le plus grand des hasards le meurtrier assis dans le même véhicule de transport en commun que j'empruntais. Nous étions près, l'un de l'autre. Il semblait dérangé et cherchait du regard l'esprit qui le mettait mal à l'aise. Mais j'avais réussi à me faire discrète par crainte d'éveiller des soupçons.

Les messages que j'adressais à la famille du disparu, surprenaient plus d'un et leur apportaient réconfort, foi et courage. Je me faisais une renommée de voyante, sans en être véritablement une.

Et par rapport à ce don de voyance, j'attisais involontairement au sein de ma famille et de mon entourage des sentiments de malveillance et de jalousie. Mais ma voix intérieure, à chaque crépuscule taciturne me chantait des airs inconnus et profonds.

III

L'Esprit qui me rendait souvent visite, l'ombre blanche me montrait ma vie et plus angoissant encore, elle me révélait aussi celle de mon compagnon. Je voyais défiler en songe son parcours scolaire, ses échecs et réussites. De même, ses multiples infidélités. Je fus surtout troublée par les images de mon avenir qui revenaient sans cesse. Une vie, on ne peut plus sombre avec différents hommes, avec qui j'entretiendrai des relations effarantes. Je voyais défiler dans mes nombreuses visions, des scènes incroyables, des accidents, des décès. Des personnes proches et leur vie heureuse jalonnée de réussite. Quel rôle avais-je à jouer, quelle était ma partition, dans chacune de ces vies ? Je me le demandais sans cesse. Et mes nuits paraissaient longues de mêmes que mes journées. Cette situation perturbait mon équilibre et je décidais finalement d'en parler à quelqu'un. Je regardais et cherchais autour de moi, une personne de confiance, une personne loyale et digne. Cette oreille confidente et rassurante, qui ne souffrirait d'aucun signe d'incertitude, je la trouvais auprès de ma mère qui s'en était aperçue, mais était restée silencieuse. Je lui confiais ainsi, mes joies, mes douleurs, mes peines de cœur, mes projets, mes secrets les plus insolites, chaque tempo de ma vie raconté en un interminable couplet dans un soliloque décontenancé.

Ma mère resta presque la journée entière à m'écouter. Puis, après un long soupir, me prit dans ses bras les yeux noués de larmes.

-Pourquoi pleures-tu maman ?

-Rassure- toi ma fille ! Ce sont des larmes de tendresse maternelle ! Je t'aime tellement et je voudrais que tu saches que je serai toujours là, à tes côtés pour t'apporter mon soutien en toute circonstance.

-Merci maman ! Merci d'être à mon écoute, merci d'avoir été toujours présente. Merci pour cet amour qui me conforte chaque jour. Je t'aime très fort !

-Tu dois avoir faim, la nuit est tombée depuis bien longtemps. Je n'ai pas entendu tes frères rentrés, regarde s'ils t'ont laissée à manger.

En dépit des nombreuses visions que j'avais, ma vie sentimentale n'augurait pas des lendemains meilleurs. Un matin, suite aux différends sans fin que j'avais avec mon compagnon, ma mère décida de mettre fin à notre relation. J'eus du mal, à l'accepter. Et, je lui en voulais énormément. Cette rude et brusque séparation m'avait tant affectée. Je demeurais inconsolable.

Il régnait après cela, un climat de mésentente et de conflits entre ma mère et moi. Pour mettre un terme à cette situation qui dura une année entière, elle décida résolument, de connivence avec ma tante, de me faire initier au Missôko, un rite initiatique populaire dans mon pays. Il se nouait un lien assez étrange entre elles, que je ne cernais pas. Ma tante était une grande soignante et voyante. Elle initiait beaucoup de jeunes filles au Bwiti Missôko. Cette dernière laissait entendre à ma mère qu'il était impératif de me faire initier car, selon ses dires, je voyais trop de choses compromettantes et cela affectait mon état de santé. Elle conforta auprès de ma mère la ferme intention de m'initier car mes jours étaient comptés disait-elle. Et qu'il fallait agir dans le plus strict secret et en toute discrétion. Je m'inquiétais de mon état de santé mais, je demeurais sceptique quant à la décision de vouloir me faire initier urgemment. Ainsi, peu avant l'initiation, ma tante souhaitait savoir qui était cette femme étrange qui apparaissait dans mes songes et

m'informait de certaines choses.
Cette curiosité en elle devenait
plus qu'obsessionnelle. Il lui
tardait d'en savoir davantage sur
tous les mystères qui
m'environnaient. Lorsque nos
regards se croisaient, il y avait
comme une confrontation étrange
et mystique, telle une rivalité dont
je ne pouvais expliquer la portée.
Je restais néanmoins, très méfiante
à son égard, et très prudente, en
dépit de ses intimidations et celles
de ma mère.

IV

La nuit précédente, je fis un rêve très surprenant. J'entrais dans une pièce insolite et éblouissante, j'étais à la fois impassible et anxieuse. J'avançais timidement dans la pièce et face à moi, je vis une femme qui se tenait debout et me faisait dos. Elle semblait m'attendre et désirait s'entretenir avec moi. Elle avait une peau soyeuse et belle, des cheveux longs d'un noir étincelant qui se roulaient au sol. Elle me demanda de m'approcher sans inquiétude. Puis, me recommandait de ne pas m'initier et de ne pas prendre en considération les propos de ma tante. Elle m'invitait à ne pas craindre la mort, de l'accepter plutôt que de la rejeter. Elle me mettait de nouveau en garde à l'égard de ma tante en me demandant de renoncer à l'initiation. Car, si, je venais à m'initier, je n'aurais que d'ennuis dans mes relations futures et dans ma vie en général. Tout ne serait que conflits et problèmes sans fin autour de moi. Elle insista longuement, et m'indiqua qu'elle gardera une grande colère contre moi, qu'elle s'éloignera de moi et n'apparaitra plus jamais. Pendant qu'elle me parlait, je cherchais avec prudence à voir son visage et lorsque je m'approchais d'elle, le rêve s'interrompit brusquement. Elle me rappelait énormément l'ombre blanche, elles avaient toutes deux, la même douceur dans la voix, mais, elles avaient quelque chose de distinct, la couleur des cheveux, et n'avaient pas la même clarté. De même elles se déplaçaient différemment. Je m'empressais de raconter le rêve à ma tante. Elle me demanda si, j'avais vu le visage de cette étrange femme. Je lui répondis que non. Puis, d'un ton austère, elle m'ordonna de tout faire pour voir le visage de cette étrange femme qui venait dans mes rêves me prédire l'avenir et me dévoilait certains mystères étranges. Cette obstination de ma tante à découvrir qu'elles étaient ces apparitions m'interpellait.

Plusieurs jours passèrent…

Ma mère m'incita à revoir ma tante dans son temple initiatique. L'idée de la rencontrer de nouveau ne m'enchantait guère. Mais, très vite, ma mère comprit que je faisais tout pour ne pas trouver le temps d'y aller. Alors, un matin de bonheur, elle vint me réveiller, me tira par l'épaule et m'obligea avec force à la suivre au temple de ma tante. Il eut dans la nuit, un grand orage qui s'était abattu sur le village. Et avait laissé au petit matin des traces perceptibles de son passage dévastateur. Le chemin, qui nous conduisait au temple, était très loin. on traversait la petite forêt des perroquets à crête rouge et noire que seuls certains chasseurs de la contrée avaient eu l'occasion de voir.

Après une marche interminable et rêche, je me plaignais d'une douleur à la plante de mon pied gauche. Mais ma mère semblait ne pas s'en inquiéter. Je la suppliais de ralentir nos pas un moment et de reprendre ensuite notre chemin, mais mes plaintes ne trouvaient guère écho auprès de sa résignation.

-Il faut que tu t'inities ! C'est pour ton bien !

Me martela-t-elle tout au long du chemin.

Je ne sentais plus mes pieds portés mes jambes, après quelques kilomètres et un grand arbre trébuché qui nous faisait barrage, le temple se dévoilait enfin à nous. A l'entrée se tenait deux jeunes femmes, portant un pagne attaché autour de la taille, les seins nus, le corps recouvert d'huile de palme. Dans une langue inconnue elles nous souhaitaient la bienvenue. Puis, ma mère demanda à voir ma tante. La plus forte de corpulence indiqua à ma mère où se trouvait l'initiatrice. Ma mère me recommanda de m'asseoir sur une natte devant le corps de garde, pendant qu'elle s'entretenait discrètement dans une pièce sombre avec ma tante, qui du coin de l'œil m'avait fait savoir sa déception de me voir là, après plusieurs jours patientés.

Je constatais après avoir pris place, que je faisais l'objet de discussions en murmures, de regards discrets, autour de moi. Je n'accordais à cela aucun intérêt. Puis, j'entendis soudainement des chants en chœur s'élever derrière un gros arbre qui ornait l'entrée du temple. Je me retournai ainsi et je voyais sortir des buissons une file de jeunes filles, toutes vêtues de raphia, le visage fardé de kaolin blanc et rouge, elles tenaient chacune un objet singulier à la main. Elles vinrent prendre place au milieu de la cour et se mirent à danser au rythme du tamtam, de la harpe et de battements des mains de l'assistance réjouie. Des cris et des sifflements de liesse résonnaient en orchestre dans la place où des danseurs sortis de nulle part exécutaient des acrobaties et des sauts autour d'un grand feu de bois. La cérémonie dura jusqu'à la tombée de la nuit. Et on ne percevait plus que des ombres lumineuses s'agiter dans le brouillard charbonneux du crépuscule. Puis, après les bruits assourdissants des tamtams et des danseurs endiablés, le silence recouvrait la grande place du temple.

V

Le calme était revenu au temple. Après les réjouissances des jeunes femmes initiées. J'avais perdu connaissance pendant que se déroulait les pourparlers avec certains anciens et maîtres initiateurs présents. Je me retrouvais toute nue sous un pagne humide, le corps enduit de sève de jeunes pousses, dans une pièce avec trois jeunes filles. Ma tante s'approcha de moi et m'invita à la suivre à l'extérieur. Elle me convia à faire des bains de purifications avant de procéder au rite initiatique. Pendant qu'elle mélangeait plusieurs écorces et autres essences de bois, elle me dit qu'il était important de préparer le corps et l'esprit avant tout voyage.

Je ne ressentais plus mon corps, j'avais l'impression de flotter au-dessus de rien. Je cherchais ma mère dans cet étourdissement fluctuant.

-Maman ! Maman ! Où est maman ?!

-Ta mère t'attend au corps de garde !

Répondit ma tante qui, dans un bol peu propre, me recommandait d'ingurgiter lentement, de la poudre d'écorce d'une plante dite hallucinogène. J'entendais autour certains anciens initiés parler de racine d'iboga. Avec un peu de miel, elle me somma de l'avaler en taisant l'amertume de la plante.

Je gardais tout de même une certaine lucidité d'esprit. J'étais anxieuse et pensive. Je revoyais défiler en moi ce songe où cette femme mystérieuse, me mettait en garde contre ma tante. Je demeurais vigilante pour la suite du déroulement du rite initiatique.

‘‘Le soir précédent cette initiation, je fis un rêve des plus étranges. Je me trouvais au temple chez ma tante. Je sortais de la maison tard dans la nuit, attirée et intriguée par une musique d'une douceur ahurissante qui m'entrainait, m'invitait, me portait et m'enlevait de ce monde de tourment. Cette musique ressemblait à celle d'une harpe. Puis, j'entendis une voix qui accompagnait avec harmonie cette musique. Je m'avançais prudemment dans l'obscure brume de la nuit sans savoir où me conduisait cette voix intrigante. Et là, près de moi apparut une ombre d'eau jouant de la harpe. Cette voix bienveillante qui faisait chanceler mon ouïe était celle d'une sirène. Elle se tenait face à moi, dans la clarté obscure d'une rive endormie. Elle s'éleva au-dessus de moi et me dit d'une voix douce et apaisante :

-N'aie pas peur jeune fille ! Approche ! Je suis Na'a Ayi, Princesse du grand fleuve … Je connais ton histoire, je connais où repose le crâne de toute ta lignée. Regarde de l'autre côté du rivage. Là-bas commence ton règne. Tu es la mère du fleuve, descendante de la Gardienne du grand Ntem. Ne crains pas la mort, la mort est en toi, la mort est un réconfort pour l'âme en trouble, prisonnière des pesanteurs de l'existence humaine.

-Mais, comment est-ce possible !? Vous n'êtes pas humaine ! Est-ce une hallucination ?

-Je suis ce que je suis depuis la création. Et toi, tu es une âme qui a franchi plusieurs soleils de mystère. Tu es à ta cinquième vie…

Puis, elle se mit à me parler longuement. Elle m'enseignait les mystères de la vie et, emportée par la douceur de la musique, je l'écoutais raisonnablement, Je l'écoutais avec une attention indescriptible. Il y avait cette attache indéfectible qui me liait à elle, comme si, je la connaissais depuis toujours, comme si, elle était en moi depuis ma procréation. Et comme si, elle avait toujours guidé mes pas, mes choix, ma voie, durant ces années de vie défaillie. Elle m'invitait de nouveau à ne pas me laisser attendrir par les mots maternels de ma mère et me mettait en garde contre ma tante qui était une personne nourrit d'intentions malveillantes''. Le rêve prit fin.

Je décidais de partir de chez ma mère pour me réfugier chez une cousine. J'appris de mes proches que la cérémonie d'initiation à laquelle je devais participer, eut d'étranges incidents. Dans la pièce où étaient couchés les jeunes initiés emportés soudainement par un sommeil inaccoutumé, un feu jaillit du sol et petit à petit gagnait la cithare qui était posée sur un tabouret. Instinctivement ma tante se réveilla et se rua vers la cithare qui commençait à être prit dans les flammes mystérieuses sorties du sol. Elle se brula sans gravité aux bras en tentant de sortir la cithare des flambées. La cérémonie fut ainsi interrompue à l'aurore embrasée. Après cet incident, ma tante rentra dans une colère insoutenable. Elle alla voir ma mère et se fâcha contre elle du fait que je n'avais pas voulu participer à la cérémonie d'initiation. Après avoir été réprimandée, ma mère me chercha et me sermonna. Suite à cet échange houleux, elle prit fermement la décision de m'initier indépendamment de ma volonté. Je demeurais silencieuse plus que tourmentée, m'interrogeant sur les conséquences qui pouvaient survenir après cette initiation.

Ainsi, après avoir ingurgité une quantité jugée suffisante de poudre d'écorce amère, je m'installais sur une natte à même le sol de mêmes que les autres filles. Une douce musique de harpe accompagnait notre voyage. Je me laissais aller à la légèreté de cette musique qui me berçait et semblait me parler. Je m'éloignais de plus en plus dans des sphères inconnues. Plongée dans un rêve à la fois étrange et réel. Je vis un certain nombre de choses me concernant, et celles de mes proches. Je vis les raisons de l'amaigrissement de mon corps, de même que mon voyage en Europe. Ma vie de couple sans enfants. Je vis les visages voilés de certains membres de ma famille, et ceux des personnes de mon entourage et leur personnalité mystique. Je vis de nombreuses choses tant effroyables qu'insolites. Toutes ces visions ne m'étaient pas tant ignorées. Mais, j'avais appris à taire certains secrets, même quand la nécessité de les dévoiler s'imposait à moi. Le rituel se déroula sans incident particulier. Ma mère demanda inquiète à ma tante comment s'était passée la cérémonie. Elles discutèrent longuement à mon sujet et le jour levé, nous reprîmes le chemin de la maison.

Après l'initiation, je percevais dans ma vie de nombreux évènements néfastes. Je ressentais des douleurs permanentes au bas ventre. Ma nouvelle relation battait de l'aile, rien n'allait pour moi, et je n'avais plus de vision. Ma voix intérieure était devenue silencieuse, l'ombre blanche avait disparu. Cette silhouette chaleureuse et protectrice m'avait abandonnée. Je me sentais affaibli. Triste, et seule, semblable à une forêt sans génies, un océan sans créatures, un monde sans lumière, comme une coquille asséchée. Tout en moi s'assombrissait. Je n'arrivais plus à faire face à certaines épreuves de la vie. Tout me paraissait difficile et insurmontable.

Toutefois, je gardais espoir, et j'affrontais chaque jour le pire.

 Les journées se répétaient, le temps passait en lutte et mon quotidien me chantait les mêmes refrains d'existence. Obstacles, problèmes, contraintes, déceptions, trahisons, rivalités et solitude… Cette longue solitude m'attristait, me surmenait, me tuait à braise soufflée. Qu'avais-je fait ? Je pleurais sur mon sort. Je ne me pardonnais pas de n'avoir pas écouté la voix étrange qui m'avait mise en garde. Je me blâmais, me détestais, mais le mal était fait. J'avais cru qu'en m'initiant tout aurait été différent, que tout aurait été meilleur. Je pensais trouver des réponses à mes interrogations. Je croyais pouvoir mieux comprendre ma vie. Hélas ! Les désirs du cœur laissent parfois en nous des larmes au goût de fiel. J'attendais impatiemment dans ces espoirs recousus que se lève un autre soleil, un autre matin, avec d'autres refrains de la vie, près de mes doutes et mes attentes inlassables.

VI

Le destin m'avait apporté d'autre parfum de la vie. Plusieurs années passèrent. Je me retrouvais en Europe, en France. Loin de ces périodes difficiles passées dans mon pays. Je rencontrais ainsi, au hasard des chemins un jeune homme charmant et avenant. Il se nommait Ndong, on venait tout deux de la même contrée du Gabon. Il avait terminé ses études de Sociologie et était rentré en espérant trouver un poste d'enseignant dans les grandes écoles et universités du pays. Sans succès après deux années consécutives au chômage, il décida de revenir en France, pour s'y installer définitivement. Il avait pu trouver un travail modeste qui lui permettait de vivre décemment et obtint la nationalité Française six années plus tard. Nous décidâmes, une année après notre rencontre de nous mettre ensemble. Mais, ma relation traversait à chaque fois des moments de tension, de querelles, qui entrainaient des conflits perpétuels. La sérénité était quasiment inexistante dans ma vie de couple. Tout semblait se succéder en situation désastreuse. Et mon désir d'avoir des enfants devenait plus que pressant et troublant. C'était pour moi difficile d'accepter de vivre sans ressentir le bonheur de voir naître un enfant de moi. J'avais toujours rêvé de cet instant magique, de ce moment où, moi, mère je m'émerveillerai devant le regard étonnant et silencieux d'un chérubin.

Admirant, son visage plein d'innocence et de douceur. Un enfant adorable et inouï qui me comblera d'un bien-être inexprimable. Mais, j'arrêtais de rêvasser. La réalité me le rappelait sans cesse. Et il tombait des bruines de désespoir.

Je pris tout de même, la ferme résolution d'avoir un enfant, malgré toutes les vicissitudes de la vie. Me disais-je, un enfant, n'est-ce pas un bonheur, un enfant n'est-ce pas une nouvelle vie, pleine de surprises et de challenges. Alors, je me mis à chercher dans la ville où, je résidais, un médecin spécialiste des problèmes d'infécondité. Je pris ainsi, rendez- vous avec deux médecins qui examinèrent mon dossier et me convoquèrent plusieurs mois plus tard, pour une intervention chirurgicale. Je me réjouissais à l'idée de tomber enceinte. Même, si tout allait mal avec Ndong, mon compagnon.

La veille de cette intervention, je fis un rêve bizarre. Je me voyais dans un hôpital, entourée de médecins qui me conduisaient dans une salle d'opération. Un des médecins me demanda si, je souhaitais être opérée éveillée ou endormie. Je luis répondis que je souhaitais évidemment ne pas voir ni savoir comment se déroulera l'intervention chirurgicale. Puis, pendant qu'on me conduisait en salle d'opération, mon esprit ne désirait pas y entrer et s'arrêta devant la porte.

Je vis alors mon corps allongé sur la table d'opération et en dessous de celle-ci, j'aperçus une étrange brume épaisse qui couvrait mes membres inférieurs. Je scrutais les visages de chaque médecin présent dans la salle et soudainement mon rêve s'arrêta...

Le jour de l'opération arriva. Je me rendis à l'hôpital. J'étais très anxieuse, priant tout au long du chemin que l'intervention se déroule sans incident particulier. Je sentais une chaleur intérieure montée, puis des légères palpitations. Deux heures après, je me retrouvais en salle d'opération, puis, je m'endormis emportée par les dernières lueurs de cette grande lumière vive qui me happait.

L'intervention dura plusieurs heures. Et lorsque tout était

terminé, je me réveillais timidement et me retrouvais couchée sur un lit dans une des chambres d'hospitalisation. L'opération s'était très bien déroulée. Autour de moi, se tenaient debout plusieurs médecins et quelques stagiaires en médecine. Tous me regardaient avec des yeux d'ahurissement. Puis un des médecins vint rompre le silence. Il me fit le compte rendu de l'opération, me signifiant qu'ils avaient vu avec la caméra interne, une grande blessure au niveau du bas ventre. Il me demandait à cet effet si, j'avais déjà été opérée auparavant. Je répondis que je n'avais jamais subi d'intervention chirurgicale avant celle-là. Ils furent stupéfaits. Et ne comprirent pas grand-chose. Puis il m'informa

que cette blessure avait cicatrisé.
Et m'avoua que ce genre de
blessure était difficile à cicatriser.
Et ils s'étonnaient du fait qu'elle
avait été recousue. Tout en
s'interrogeant, sur ce fait étrange,
l'un d'eux dit aux autres en
murmurant : « elle vient d'un pays
d'Afrique, ne cherchons pas à
comprendre ce qui dépasse notre
entendement. Les Africains,
pratiquent certains cultes étranges
dont nous ignorons la portée ».

Ils sortirent tous de là,
complètement abasourdis. Et moi,
je restais désorientée. Je ne
compris rien à tout ce qui se disait,
sur cette cicatrice étrange qui se
trouvait dans mon ventre.
Je repensais ainsi à ce que m'avait
dit une vieille dame dans mon
village qui cheminait avec moi, un

matin de pleine saison, en rentrant du petit marché d'Essatop. Elle me fit entendre qu'elle voyait des larmes de sang couler de mon ventre. Et me demandait pourquoi la nuit ma mère frappait très fort sur mon ventre après que mon frère ainé me couchait mystiquement. Elle m'interpella de nouveau en me recommandant de fuir loin de mes parents et que la blessure que je porte dans mon ventre cicatrisera. Mais les larmes de mon ventre couleront toujours jusqu'à ce que soit rompu le cordon ombilical qui me lie à…

Elle s'arrêta de parler et crachouilla du sang abondamment en toussant. J'eus très peur et m'enfuis très loin sans jamais me retourner.

Quelques semaines plus tard, après cette opération, je fis un autre rêve. Je me retrouvais dans une maison avec deux enfants qui me parlaient. Ils me disaient qu'ils ne souhaitaient pas venir au monde dans cet environnement. Je ne saisissais vraiment pas ce que cela sous-entendait. Après cet étrange songe, je commençais mon traitement pour la fécondation in-vitro. Puis à la fin du traitement, je fis un test de grossesse, et j'attendais de recevoir les résultats impatiemment.

J'eus une autre vision les jours qui suivaient. J'étais dans un magasin de vêtements, en sortant du magasin, une femme m'interpella en me signifiant que j'avais deux taches distinctes derrière ma robe. Je retournais au magasin et devant un miroir je regardais les deux taches pourpre sombre. Puis j'entendis deux voix surprenantes me disant : « c'est nous, tes enfants ! Nous sommes sortis, nous te l'avions dit, nous ne viendrons pas dans ce monde, et tu pourras parcourir la terre entière pour cela, ce sera sans effet » …

Deux jours après, j'appelais la secrétaire médicale de l'hôpital pour avoir les résultats du test de grossesse. Elle me répondit que les résultats étaient négatifs. Et me renvoya prendre rendez- vous avec mon médecin pour avoir plus d'informations à ce sujet. Je pris à cet effet rendez- vous auprès de mon médecin.

Lors de mon entretien avec ce dernier, je fus surprise de trouver un autre de ses collègues présents dans son bureau. Scrutant mes résultats avec beaucoup de curiosités et de confusion.
Je compris alors, que mon médecin avait convié un autre de ses collègues à donner un autre avis sur le déroulement du traitement que je suivais. Mon médecin avait demandé à mon compagnon, de me mettre un peu plus de liquide pour accroitre les chances de tomber enceinte. Malgré cette initiative, je n'eus aucun retard. Je perdais espoir et mes efforts devenaient vains. Un désaccord éclata entre les deux médecins. Et mon compagnon n'y avait pas mis du sien dans les recommandations des médecins.

Après de nombreuses altercations et mésententes, je mettais fin à ma relation avec Ndong. Et, je me retrouvais de nouveau seule, face à mes péripéties futures. Cela n'augurait rien de bon pour mes démarches incessantes. Et comme un grand rideau noir, tout se refermait autour de moi.
Je traversai une période difficile et je décidais de voyager. Partir, m'en aller loin, là, où soufflaient mes émotions envolées. Je voulais redonner d'autres couleurs à ma vie, rencontrer des personnes différentes, voir d'autres paysages, sentir des parfums en bruine de réconfort. Je voulais chasser de ma tête toutes ses épreuves et rendre cendre tous ces souvenirs douloureux.

Me disais-je triste, assise, sirotant un verre de menthe à l'eau, que l'amour était narcissique. Je pleurais comme on pleure sans ne rien comprendre pourquoi, mais, je pleurais quand même. Et la nuit, elle aussi triste pleurait avec moi. Elle savait me consoler et essuyait mes larmes en refermant mes yeux. A chaque petite rosée de chagrin, je perdais l'appétit. Je restais pensive des heures durant et je chantais (sourire). Je chantais ces petites chansons que l'on mimait souvent en chœur enfant sur la grande cour d'école, en gambadant gaiement, insouciants et libres. J'aimais ces souvenirs d'enfance qui me redonnaient un peu de bonheur à ma vie insipide.

En cette période délicate, couronnée de solitude et de désarrois, Ma grand- mère apparaissait si souvent dans mes rêves. Elle me révélait certaines choses sur ma vie. Un soir, je fis un songe, je la vis dans son champ, labourant. Elle me demandait des nouvelles de sa dernière fille et me reprochait d'être restée la petite fille naïve qui obéissait toujours à la main levée de sa mère. Puis, elle me montra une vision qui paraissait si réelle, où, je rentrais d'une réunion de famille avec ma mère et au bout de la route, il y avait deux chemins. Je pris sans conteste celui de droite et ma mère celui de gauche. Sur mon chemin se trouvait une petite maison construite en terre battue.

Je vis devant cette maison ma grand-mère et sa sœur- aînée. Elles se tenaient debout me souriant. Chaleureusement, elles m'invitèrent et m'embrassèrent longuement. Puis, Ma grand- mère s'adressa à moi et me dit : « Tu n'arrives pas à faire d'enfants. Viens vers nous et nous soignerons ton ventre… ».

Je lui répondis que je ne croyais plus à toutes ces guérisons surnaturelles et à toutes ces choses mystiques qui me troublaient l'esprit. J'étais fatiguée, harassée de toutes ces tentatives lourdes qui me pesaient dans l'âme. Elle insista et me persuada de continuer à espérer et à croire aux mystères de l'autre monde. Je lui affirmais que j'allais essayer de nouveau sans trop de convictions. J'étais vraiment enchainée à l'abandon de tout. De l'existence, des semences non labourées, de l'amour et ses douleurs en fouet d'humeur. Des espoirs toujours sombres. Elle me sourit, enveloppa ses mains dans les miennes et me dit les yeux fermés : « N'oublie pas qui tu es et d'où tu viens. Tu es NDI et ton nom est inscrit sur les racines de l'arbre de ta destinée avant même que la terre ne soit souffle.

Je ne compris rien à ses mots, j'entendis soudainement le son d'une corne retentir dans le lointain. Après ce petit moment d'inattention, en me retournant vers elle, il n'y avait plus personne. Plus rien, juste un long chemin sinueux sans fin. Et, je me réveillais en couvrant ma tête d'un pagne blanc.

VII

Je reprenais mon quotidien sans plus rien attendre d'un quelconque miracle qui viendrait me guérir de cette infécondité. Je me sentais mal au plus profond de moi et la vie me révélait ses moments de doutes, de désuétude, d'abandon et d'apathie. Je multipliais les prières en faiblissant et en perdant tout espoir. Une nuit, ma grand- mère revint me voir en songe. Elle m'informa de l'existence d'une plante qui pouvait soigner ma stérilité. Mais cette plante se trouvait dans mon village à Essatop. Elle me recommanda ainsi, de m'y rendre. Car, derrière la maison où elle avait vécu se trouvait cette plante. Je devais la cueillir et purifier mon ventre, afin de guérir de mon infertilité. Je restais tout de même médusée, face à ces recommandations inaccoutumées. Mais une voix intérieure m'incitait à le faire. Je pris résolument la décision de voyager et de me rendre au Nord du Gabon. J'avais dû toucher à mes dernières économies en prévoyance d'un évènement comme celui- ci. Il était peut- être temps pour moi, de faire un retour aux sources. Je décidais alors de me rendre au Gabon. Après plusieurs heures de vol, j'arrivais à Libreville. Malgré les années passées en France, je retrouvais toujours la même ambiance morbide des gens. Comme si le temps n'avait pas eu raison de leur mentalité. En passant la police douanière, on me posa un millier de questions sur ma venue à la capitale politique, Libreville. Quelles étaient les raisons de ma présence (chez moi), en tant que Française d'origine Gabonaise ; où était mon passeport Gabonais et pourquoi je m'étais mise sur la file des arrivés étrangers et non sur l'autre. Qui je venais voir au Gabon et pourquoi j'avais choisi d'être Française en décidant de renier ma culture. Quel ministre m'avait payé le billet d'avion pour que je vienne passer un long séjour aux frais du contribuable. Autant de questions qui me laissaient perplexe et sotte. Je ne trouvais pas quoi répondre. Agacé de mon air placide, on me laissa passer en me signifiant que le pays avait changé et que désormais on vivait une autre ère que celle d'autrefois où tout était permis. Je récupérais mon passeport en toute civilité et passa enfin le corridor qui me menait à la sortie des arrivées internationales. Je lisais dans chaque visage qui me dévisageait à la fois une indiscrétion et un regard envieux et miséreux. Je me dérobais de la foule adroitement en interpellant un taxi qui s'en allait à roue élancée.

Dans la voiture qui me conduisait dans l'autre Libreville, parlant des quartiers populaires où la réalité avait un tout autre visage, je voyais défilé dans mes yeux beaucoup de souvenirs. Chaque coin de rue, chaque bâtisse, chaque carrefour me rappelait ces années où, je croyais en la vie, où je pensais que l'école un jour me sortirait de la misère qui peuple nos matitis.

Le lendemain suivant mon arrivée, je pris la route pour Bitam. Après de longues heures interminables et insoutenables, nous arrivâmes à Essatop. Je retrouvais, mes parents et proches, ravis de me revoir, après tant d'années écoulées passées en France. Nous partagions ainsi, les nouvelles du pays. On me reprochait d'avoir choisi de vivre en France, chez les N'ta'an (Blancs). Un de mes oncles maternels souhaitait que je revienne vivre au pays, me disant qu'il était temps pour moi, de revenir à la terre car je suis fille de cultivateurs et que j'épouserai un Fang comme l'a toujours voulu mon grand- père maternel. Je répondis à mon oncle que je prendrai le temps nécessaire de donner suite à sa proposition.

Et que pour l'heure, le plus important pour moi était de profiter de la chaleur familiale. Des festivités avaient été données en mon honneur. On célébrait le retour de la petite blanche du village.

La contrée avait bien changé. Les cases en terre battue d'Essatop perdaient un peu de leur éclat d'antan au fil des années. La paille sur les toitures dévorées par les tempêtes violentes des grandes saisons de pluie, devenait perméable. En arrivant, j'avais pu contempler les villages voisins d'Effack, Okok, Oveng…
Les paysages merveilleux de mon enfance à Meyo kyè, Megang. Les vacances de pêche à Tsimazock. Ces souvenirs bien lointains caressaient ma mémoire allègre.

Le soir tombait comme dans ces nuits nostalgiques quand ma solitude me chantait le blues de l'exil. Je me remémorais et je refermais derrière moi la porte de mes souvenirs heureux.

Je m'empressais les jours suivants de me rendre chez ma défunte grand- mère comme indiqué dans le rêve. Une fois au lieu-dit, derrière la maison, je cherchais cette étrange plante. J'angoissais à l'idée de me tromper et de ne pas y parvenir. Je me mettais à arracher les grandes herbes, je cherchais encore et encore et retournais la terre entière. Je fouillais tous les recoins du terrain. Je ne trouvais rien. Le regard désespéré, je commençais à me lamenter. Comment est-ce possible ? Me le demandai-je, anxieuse et alarmée.

M'étais-je trompée, ai-je bien cherché à l'endroit indiqué ? Je retournais de nouveau, herbes et plantes. Mais je n'y trouvais rien, rien du tout. Embarrassée, je larmoyais au fond de moi comme une âme en peine. Je me résignais et rentrais abattue, le visage fatigué, égaré, balayé par l'air frais du vent qui annonçait un gros orage et une nuit longue et douloureuse. Tout s'écroulait en moi, mes derniers espoirs envolés comme cette fumée cendrée d'un feu de bois. J'étais triste et perdue. Je priais avec piété me disant au fond de moi que le Père tout là-haut, aussi m'avait abandonnée et n'écoutait plus mes cris de peine et ne répondait plus à mes lamentations.

Grande était mon affliction, coites étaient mes larmes.

Je rentrais chez moi avant la tombée de la nuit, dès les premières gouttes de pluie. Le regard désemparé et évadé. L'âme nonchalante, marchant pensive et lourde émotionnellement. Je regagnais ainsi, la maison familiale, désarmée et alarmée. Je m'allongeais pour oublier, pour taire ces pensées sombres qui m'envahissaient.

L'orage éclata comme pour refermer les dernières fenêtres obscures de mes pensées. Au dehors sous la pluie hurleuse on écoutait les éclats de rires des femmes et enfants qui rentraient des plantations.

Cette nuit- là, couchée dans ma chambre, je confessais à mon cœur ces larmes pourpres. La main assise sur la joue. Je ne pleurais pas, j'angoissais. Puis, je vis une petite lueur sous la porte qui grandissait. Une personne se tenait derrière le voile lumineux. Je sentis comme un léger vent qui soufflait vers moi. La porte s'ouvrit et là, je vis l'ombre blanche, elle me regarda me sourit et disparut soudainement dans la brume brune de la nuit rugissante.

VIII

Les jours passèrent et je me résignais à tout oublier, à passer à autre chose, à reconstruire mes peines de cœur qui rimaient avec les malheurs qui s'abattaient sur moi. Quelque temps après, pendant ces vacances, je découvrais du pays. Je reçu l'invitation d'une cousine qui vivait à Port- gentil. Et là, je fis la rencontre de Léon, Bel homme au regard luisant.
Je mettais décidée de profiter pleinement des plaisirs de la vie, de prendre un tout autre élan, de nouvelles initiatives, de nouveaux projets. Adopter un regard autre de la relation de couple. Je me sentais bien auprès de Léon, je voulais croire à un nouveau départ, une vie sans crainte, sans soucis.

Espérer au bonheur comme tout le monde. Nous étions couchés un soir, et dans mon rêve ma grand-mère apparut. Elle était assise entre Léon et moi sur le lit. Elle me secouait avec force, cherchant à me réveiller. Mais, je ressentais une fatigue assommante et je n'osais pas bouger. Elle insista et vint me parler à l'oreille. Depuis que je m'étais mise en couple avec Léon, elle avait des apparitions fréquentes. Après avoir mis fin à ma précédente relation, je me sentais désemparée et anxieuse. Je voyais dans mon avenir des taches d'ombres et les jours me paraissaient insurmontables. J'étais seule, telle une âme délaissée en peine. Je pleurais si souvent dans mon cœur. Je pleurais quand, en moi, je ressentais un vide, comme une absence. Je cherchais l'amour inlassablement, jour et nuit dans les profondeurs de mes pensées, dans les obscurités de ma conscience. J'attendais toujours triste, la torche allumée dans un coin de mon cœur…

Léon avait apporté beaucoup de couleurs à ma vie. Nous passions des précieux moments sublimes. Cet homme si étrange mais pourtant charmant. Nous nous sommes rencontrés au cours d'une soirée. Il m'avait été présentée par ma cousine. A peine rencontré, il me parlait déjà de mariage sans pourtant me connaitre, j'étais très réticente et moins enthousiasmée par ses propos qui laissaient paraitre un orgueil démesuré. Mais j'avais succombé à son charme, telle une âme fragilisée par les blessures du temps qui ne cicatrisent que par l'enchantement d'un nouvel amour. Il me disait avoir quatre enfants, tous de mères différentes. L'une d'entre elles, était décédée. Il disait vivre seul, sans relation sérieuse et souhaitait faire de moi, la femme désirée et choisie, l'élue de son cœur.

Au fond de moi, je redoutais cette aventure rocambolesque, mais, j'acceptais tout de même de le revoir, de partager des moments d'évasion et de liberté à ses côtés. Et de ces multiples rencontres, je décidais imprudemment de me mettre en couple avec lui. Nous acceptions ainsi de vivre notre relation malgré la distance qui nous séparait car, lui vivant au Gabon, à Port-Gentil et moi en France.

La première nuit passée chez lui était très étrange. Je sentais une présence près de nous sur le lit. Puis, j'entendis une voix sourde, m'interpeller. Je me retournais cherchant d'où venait la voix. Et là, je vis une ombre d'eau qui me fixait avec obstination et mépris. Je restais abasourdie car, je ne comprenais pas ce qui se passait. Je m'interrogeais sur cette étrange créature. Elle avait une tête ovoïdale, une silhouette sombre et de longs cheveux attachés en chignon. Cette présence me perturbait l'esprit énormément et j'eus du mal à trouver la quiétude et le sommeil, la nuit entière.
Le jour s'était levé et je repensais inconsidérément à cette impression de la nuit passée. Je racontai à Léon, ce que j'avais vu la veille

dans la chambre. Ce dernier me laissa entendre que tout ceci n'était que le fruit de mon imagination débordante et que cette chose ou créature surnaturelle n'était pas à lui mais à moi. Je restais pantoise face à ses accusations insensées. Je demeurais tout de même sereine. J'étais anxieuse et pensive…
Je m'interrogeais de nouveau sur ma vie, sur ma destinée sur ces étranges phénomènes qui entouraient mon existence. Etaient-ce liés à moi, ou aux personnes que je rencontrais ? Je sondais sans cesse ma conscience sans avoir les réponses aux angoisses de mon être.

Je restais des journées entières silencieuse, à observer les gens autour de moi, à questionner mes amies, sur leurs relations actuelles ou précédentes. Je craignais de perdre la tête avec toutes ces voix que j'entendais souvent, en période de désarroi et stress. Je flânais, marchant toute seule certains soirs à la lueur sombre des rues désertes, telle une âme en errance, fourvoyée par les vicissitudes de la vie.

La nuit suivante, je revis la même ombre d'eau, elle était couchée près de nous sur le lit.

J'interpellais de nouveau Léon sur cette curieuse et étrange chose. Mais, il restait sur ses premiers mots, répétant qu'il ignorait ce que c'était et que cette créature ne lui appartenait pas. Je n'insistai pas.

J'observais cette créature ou cette chose étrange, tout apeurée mais sereine. Elle me regardait longuement en me dévisageant sans jamais m'approcher.

Ces scènes à la tombée de la nuit devenaient fréquentes. Un soir, pendant que je me coiffais devant mon miroir, j'eus l'impression d'être observée de l'intérieur du miroir. Puis, une sensation étrange me traversa l'esprit. Je vis posé, sur une table de la chambre, un album photo. Je m'approchais prestement de l'endroit où il était entreposé, au moment où, je le pris, une chouette blanche sortit de nulle part et disparut dans un coin sombre de la chambre.

J'hallucinais, et j'eus une grande peur. Puis, j'ouvris l'album, et je vis une photo assez étrange, celle

d'une femme qui avait le même
visage que la créature qui
apparaissait chaque nuit dans notre
chambre. Il existait une similitude
bouleversante, elles avaient la
même coiffure, le même regard
sombre. C'était bien elle, la
créature de la nuit. J'étais ahurie.
Je restais silencieuse. Je décidais
de ne rien dire à Léon.
Je fis de nouveau un songe. J'étais
assise sur le lit, je prenais soin de
mes mains. J'eus la sensation
d'une présence dans la pièce. Puis
mon regard se dirigea vers le
climatiseur et là, je vis un visage
de femme sous forme de brume
épaisse blanchâtre. Elle respirait
fortement. Et une silhouette sortit
de cet endroit étroit. Je me tenais
debout au milieu de la pièce en

brin de frayeur m'adressant à elle d'une voix forte et inflexible :

-Que me veux-tu, pourquoi t'acharnes-tu continuellement contre moi ?

La créature avançait vers mon corps allongé sur le lit. J'entendis à cet instant une voix qui me demandait de regagner précipitamment mon corps. Je le fis de suite sans attendre. Puis, je la vis sur moi, essayant de m'étrangler de toutes ses forces. Mais, elle n'y parvenait pas, elle chercha par tous les moyens à m'atteindre. J'avais une couverture qui me cachait entièrement. Elle la baissa jusqu'à mon ventre et me frappa fortement.

Le lendemain à mon réveil, j'avais très mal au bas- ventre et j'avais perdu mon retard. Et les pressentiments nocturnes ne s'arrêtaient pas.

La semaine suivante, au cours d'une nuit, il eut une coupure d'électricité, dans la maison. Mon ange me prévint d'être vigilante par rapport à certaines choses qui pourraient survenir. Elle me recommanda de dormir d'un œil et de redoubler de prudence.

Quelques heures plus tard, je vis l'ombre d'eau, elle ouvrit la porte et entra dans la chambre. Elle s'approcha du lit en espérant se coucher avec Léon. Lorsqu'elle vit que j'étais également sur le lit, elle se pencha vers moi, dans l'intention de m'effrayer, puis me fixa dans les yeux longuement.

Voyant que je restais sans effroi,
elle décida de m'étrangler.
Lorsqu'elle vit ses efforts vains,
elle abandonna et disparut dans
l'obscurité silencieuse.

IX

Les semaines passaient et les nuits de songes se multipliaient. Je me demandais pourquoi après ces suites étranges de songes et de rêves parfois prémonitoires, je n'arrivais pas à mettre fin à cette relation. Je me renfermais encore plus et je n'étais pas heureuse. Mon quotidien ressemblait à un grand labyrinthe de pensées et de questionnements sans fin.
Qu'allais-je vivre les prochaines nuits, quels rêves ferai-je aujourd'hui ? Je me sentais faiblir de jour en jour. Je ressentais certaines douleurs anormales sur mon corps. Mais tout au fond de moi, je persévérais, je gardais espoir en me disant qu'un jour, peut-être tout ira mieux.

Cela semblait révéler mon obstination. Étais-je entêtée ? Je me le disais souvent par rapport aux choix faits, par rapport à certaines décisions hâtives de ma vie.

Je ressassais des images de moi, plus jeune, adolescente, inconsciente et insouciante. Ces souvenirs si souvent présents des instants de bonheur auprès de mes parents. Des moments de doutes à la période d'adolescence. J'étais une jeune fille candide, innocente, découvrant la méchanceté voilée des hommes. Leurs brusqueries, leurs perfidies, leurs malignités diaboliques. Je ne regrettais pas mes choix ni mon passé, je pleurais juste sur mon sort. Sur mon destin imprévisible et si étrange.

Qu'avais-je fait pour vivre ces angoisses et tourments perpétuels. Seule, je méditais, seule, je priais les yeux en pluie de larmes. Et je m'endormais forte pour toujours espérer voir le soleil des clameurs des gens qui se battent pour réussir. Le Soleil des espérances gagnées. Je m'agenouillais et je priais encore et encore. Je priais sans foi, je priais sans joies et sans convictions, mais je priais quand même.

Un mois était passé, je regardais tomber la nuit moins anxieuse que les précédents soirs. J'avais toujours mon rituel avant d'aller me coucher. Je me laissais glisser dans un sommeil doucereux, puis dans cette clarté obscure des rêves, je vis une femme tout de pagne blanc vêtue. Autour de sa taille, elle portait une cordelette tressée d'un rouge vif. Et sa tête était couverte d'un foulard noir, admirablement attaché. Elle entra dans la chambre avec vigueur et très irritée. En me voyant de nouveau couchée sur le lit, interloquée, elle me demanda avec mépris et dureté, pourquoi, j'étais encore dans cette maison et qu'est-ce que j'attendais pour partir et disparaitre loin de son mari. Elle supplia mon compagnon, lui demanda de me faire partir de la maison. Elle s'agenouilla devant lui, mais ce dernier ne l'écoutait pas. Prise de colère elle décida alors de me mettre dehors, elle-même. Elle m'attrapa le bras très fort, me proférant des paroles odieuses. Je sentais mon bras devenir de plus en plus lourd. J'avais mal, très mal. Que m'avait-elle fait ? Je m'interrogeais. Elle me tira fortement et soudainement, je fus sous l'emprise d'une transe indescriptible. Moi, qui n'avais jamais eu de transe. Je décidais de réveiller Léon en lui donnant des petits coups sur le dos. Ce dernier dormait profondément ou faisait fi d'ignorer ce qui se passait dans la chambre. Je persistais à lui donner des petits coups, afin de le réveiller pour qu'il vienne me délivrer des mains de cet esprit féminin malfaisant. La scène dura plus d'une heure environ. Je priais au fond de moi, de toutes mes forces, suppliant Dieu de me sortir de ce cauchemar atroce. Il eut un moment de silence, puis je sentis un grand froid m'envahir et m'étourdir. L'ombre n'était plus là, elle avait disparu. Je regardais dormir mon compagnon, et je bénissais le ciel de m'avoir épargné d'un danger qui pouvait m'être fatal.

Je me réveillai, ce matin-là, troublée, marquée par ce rêve. Je ressentais une vive douleur au niveau de l'épaule et des empreintes encore visibles sur le bras. Cette douleur resta plusieurs mois durant. Je fis une radio pour vérifier si, j'avais eu une désarticulation au niveau de l'épaule ou autre chose, mais les médecins ne trouvèrent rien d'anormal. Puis, j'eus une douleur insupportable au bas- ventre. Cette situation me laissa perplexe. Je ne me sentais plus du tout en sureté dans cette maison, encore moins dans la chambre où je dormais. La douleur du bas- ventre amplifiait et je ressentais des palpitations qui obstruaient ma respiration. Je décidais de changer de chambre, afin de me sentir en confiance. Mais bien avant, je vis une nuée de cafards dans ma chambre sortant de nulle part dans toute la pièce. Je fus très effrayée et me rappliquais à changer de chambre. Il fallait que je me résigne à quitter cette maison qui devenait de jour en jour insupportable à vivre.

Les jours suivant se passaient sans incidents particulier. Je changeais de chambre et aménageais dans une des pièces libres de la maison. La douleur de mon épaule, petit à petit disparut. Le soir tombé, je regagnais ma nouvelle chambre. Fatiguée de la journée pesante que j'avais eue, je décidais de m'allonger sur mon lit. Puis, soudainement, je vis l'ombre d'eau entrer, elle s'approcha de moi d'un air réjoui, elle me fixa longuement. Je lui dis à cet instant d'une voix ferme :

- Que me veux-tu encore ? J'ai quitté la chambre pour que tu sois avec ton mari, laisse- moi tranquille !

A ces mots, elle se retourna et sortit de la chambre. Au même moment entra Léon, il me demanda d'un ton hésitant :

-C'était la sirène, elle était là, n'est-ce pas ?

-Oui ! Elle est passée me rendre visite.

-Que lui as-tu dit ?

-Pourquoi cela t'intéresse soudainement, car jusqu'ici tu reniais tout. M'accusant de raconter des histoires. Me traitant de tous les noms !

-Comprends- moi ma chérie, ce n'est pas si facile pour moi…

-Prends- moi pour une idiote, tu as raison, de toutes les façons, j'ai été bien naïve, d'avoir accepté de venir vivre avec toi ! Je n'ai rien à te dire ! Prends la porte comme l'a fait ta femme sirène !

Léon sortit silencieux de la chambre, en refermant la porte derrière lui. Je restais pensive après cet échange et songeais une fois pour toute à le quitter définitivement.

La deuxième nuit suivant notre échange, Léon devenait de plus en plus distant. Je revis en rêve l'ombre d'eau. Elle vint me retrouver dans la chambre où, j'avais trouvé repos. Elle voulait simplement avoir une discussion sereine avec moi. Elle me montra sous un autre plan, la maison dans laquelle je me trouvais. J'étais horrifiée par ce que je voyais. La maison où nous vivions était en réalité un cimetière. Elle me dit :

-Regarde où tu vis ! C'est dans cet endroit sinistre que tu veux demeurer ? Crois- tu avoir trouvé un mari ?

Puis, me voyant épouvantée, elle me parla de chacune des compagnes de Léon. Et, après m'avoir révélée toutes ces choses, elle s'en alla délicatement.
Au milieu de la nuit, j'entendis de nouveau une voix intérieure s'adresser à moi. Celle-ci me demandait de me lever et aller dans mon ancienne chambre où dormait Léon. J'ouvris la porte discrètement et je vis couchée sur notre lit la fille de Léon, elle caressait le dos de son père. Elle me fixa dans les yeux. J'eus un long moment de frayeur, car j'étais consciente que ce n'était que son esprit et non elle physiquement. Mais elle paraissait si réelle que je

me perdais dans ce brouillard ténébreux. Elle se déplaçait avec une rapidité étonnante, allant et revenant dans la chambre. Elle câlinait son père, l'embrassait et me fixait sans sourciller. Je la regardais avec méfiance et je ne détournais pas mon regard d'elle, je lui demandais ce qu'elle faisait dans la chambre de son père, elle ne me répondit pas, mais elle continua à me fixer avec dépit. Je tentais de réveiller son père afin de lui poser la question, mais il semblait dormir profondément…

X

Il me fallait partir de cette maison.
Je ne supportais plus ces scènes et
ces rêves qui me troublaient
l'esprit et tourmentaient mon être.
Comment avais-je été si naïve, et
me laisser séduire par quelqu'un
que je connaissais à peine.
Accepter de vivre avec lui en me
donnant entièrement corps et cœur
voués. Je m'en voulais à chaque
nuit troublée, à chaque désarroi
confessé, à chaque larme versée.
Finis les plaintes et les remords
aux goûts d'amertume. Il n'était
pas encore trop tard pour moi.
Mais comment partir ? Je me
sentais enchaînée à lui, liée à une
force surhumaine qui me retenait
prisonnière.

Je me remémorais de ces premières nuits chez lui. Un soir pendant que j'étais aux toilettes, je vis une ombre passer et repasser, marchant le long du couloir et moi assise aux toilettes dans l'obscurité, je pensais que c'était Léon qui me faisait une plaisanterie de mauvais goût. Quand j'eus terminé, en me rendant dans la chambre et en le voyant endormi, je compris alors que ce n'était pas lui qui marchait le long du couloir, mais une entité qui tenait à me faire savoir, que je n'étais peut-être pas la bienvenue dans cette maison.

Longtemps j'ai cru au grand amour, à la passion sentimentale comme toute jeune femme. Je me laissais entrainer par cette valse de rêveries, de chimères idylliques…

Qu'avais- je fait de mal, pour ne pas profiter du bonheur ? Je souhaitais tant le vivre. Je l'attendais comme un doux et beau soleil quotidien apaisant et offrant une joie sempiternelle à mon cœur mortifié. En moi, se remplissaient des larmes de douleurs et mon corps me lâchait un peu plus jour après jour. Se vidaient à chaque pensée toutes mes émotions.
Je n'avais pas eu de jeunesse heureuse, si ce n'est cette joie partagée dans l'environnement familial. J'aurais voulu être comme ces jeunes filles dégourdies, l'esprit à la main, baladant leurs rêves et leurs desseins. Mais j'attendais toujours et impatiente que le destin m'apporte à l'orée d'un matin ces fleurs gracieuses de bonheur.

Je me remémorais toujours de ces effleurements des blessures apaisées du passé. Volant à ma mémoire quelques images de douceur de ces instants celés…
Ma cousine traversait des moments difficiles également dans sa vie. Rien ne semblait marcher pour elle, elle accumulait des échecs tant dans sa vie sociale que sentimentale. En lui venant en aide, j'étais constamment persécutée spirituellement. Je me battais dans mon sommeil avec un gros et grand serpent noir, qui cherchait à l'anéantir. Dans le rêve, je me voyais marchant sur une rive déserte et brumeuse, puis j'entendis comme un bruit sourd provenant du fleuve sur lequel je marchais. Et, le long du bord, je vis soudainement apparaitre de

l'eau, une femme avec des cheveux scintillant comme de l'or au reflet de coucher de soleil. Je me sentais attirée vers elle par le son d'une voix étrange semblable à une mélodie profonde et radieuse. Puis à mon réveil, j'avais une marque rouge sur le bras.
Je voulais effacer de ma mémoire toutes ces images horribles qui m'habitaient, me hantaient. Tous ces rêves prémonitoires, tous ces émois forts qui me dévastaient l'âme. Tout n'était que haine, jalousie, amour sombre, ressentiment, désir de luxure, infortune, vanité, pressentiments…
Après avoir passé trois années avec Léon, je me décidais enfin de partir, de m'éloigner de cette vie abjecte, gardant en souvenirs d'écœurement ces nuits sombres.

Je repartais définitivement vivre en France, retrouver cette solitude accoutumée. Je ne comprenais toujours pas pourquoi certaines personnes avides de jouissance terrestre dans ce monde se livrent à des pratiques infâmes et à quelle fin. Je ressentais tout au fond de moi une grande salissure, un désir de me laver, de me nettoyer spirituellement. Mon corps me dégoutait en me remémorant de ces images démoniaques de nos nuits d'ébats. Quand il me faisait l'amour, je voyais les enfers me posséder, une cohorte de démons dans ma chair et mon esprit dépossédé. Je ne m'en remettais pas. Fallait-il le détester, haïr ma cousine qui me l'avait présenté ? Je voulais simplement tout oublier, refaire ma vie, reconstruire mes rêves et les ponts brisés qui mènent à mon destin. J'ai trop pleuré pour ne pas garder en moi les blessures de ces amourettes dépitées. Il ne restait de nous que ces douleurs et ces trahisons en refrain. Il avait plaisir à me voir souffreteuse, lui qui couchait avec toutes ces femmes à qui il promettait monts et merveilles. C'était un volage de la pire espèce et un malicieux bonimenteur. Et je pensais à elles, à ces femmes vulnérables, qu'il croisera de nouveau. Je pensais à ces innocentes jeunes filles, dont la misère sociale avait fait d'elles des proies alanguies. Je pensais à elles depuis la fenêtre de mon appartement, dans cette petite bourgade du Sud de la France. Regardant le jour s'en aller et la nuit invitant la brise hivernale à souffler près des cheminées fumantes. Une larme de nostalgie s'évanouissait le long de mon visage. Et cet air glacial qui me soupirait une bruine de mélancolie. Seule, j'étais, à attendre un signe du destin, sous le silence des astres. Et si, tout cela n'avait pas été, et si, je n'étais pas allée au Gabon, chercher cette mystérieuse plante, et si, je n'avais pas rencontré cet homme, et si, ce soir-là, j'avais décidé de rester chez moi simplement et si… et si… toute cette histoire n'avait été qu'un de mes nombreux rêves prémonitoires, qu'aurai-je pris comme décision en me levant ce matin-là…

XI

Comment oublier ces soleils d'adolescence qui brulaient ma peau brunâtre de jeune fille svelte adulée par tous les jeunes garçons hâtifs du village d'Essatop. Tous à cet âge impubère sollicitaient déjà, ma main. Je me remémorais, et je souriais gaiement. Ces années d'enfance je les préservais au fond de moi, quelque part dans un coin de ma mémoire, elles rejaillissaient en souvenir dans mes moments de doutes, dans mes instants de solitude et dans mes peines empreint de nostalgie et de mélancolie, loin de ma terre, loin de mon pays, loin de mon village. Je revivais ces journées passées avec ma grand- mère Bikene dans une modeste et grande maison qui accueillait enfants et petits-enfants. Il y régnait une joie comme cette douceur de chaleur humaine, une gaieté aux couleurs des petites bruines du matin, quand s'invitait l'air frisquet écorché, des saisons sèches. La maison semblait être la plus grande de tout le village et elle en faisait des envieux. On retrouvait autour de cette demeure de nombreux arbres fruitiers qui faisaient notre plaisir et notre bonheur. J'étais simplement heureuse. Moi, la petite fille à la peau claire, qui brillait avec le soleil quand il dansait au- dessus de nos têtes d'enfants allègres. Nous jouions aux jeux divers sur la grande place du village, sous la brume poussiéreuse de la terre asséchée, là était ma vie, ma joie, ma sérénité. Près de la nature

silencieuse et débonnaire.
Grand-mère Bikene avait fait bâtir deux cuisines, une en bois couverte d'écorces et l'autre en terre battue. Elle y cuisinait toutes sortes de plats copieux. Du bon poisson fumé à la sauce d'arachides, des feuilles de manioc, des aubergines, des tubercules... Je m'en régalais. C'était une brave femme qui aimait toute sa progéniture. Elle nous a donné tant d'amour et savait veiller et prendre soin de ses petits- fils. De ces longues marches du retour des plantations, portant paniers de denrées remplis, sur le dos et bois de cuisson, on gardait en trophée mérité des gros corossols murs (Ebome) que nous dégustions le soir venu aux portes du village.

C'était cela mon trésor, ces souvenirs d'enfance qui me redonnaient un peu d'espérance, je revoyais ces visages fraternels, épanouis, ces matinées rafraîchies à l'aurore chantée lorsque nous allions à la rivière en chemin égaré et aux plaisirs partagés. Ces petites étincelles de vie, comme ces sourires à jamais présents marchaient avec mes humeurs quotidiennes et apportaient à ma vie des vagues d'émotions impérissables. Ma grand- mère était toujours présente en moi. Elle apparaissait quand elle me sentait fragile et chagrine. Tourmentée et en effroi. J'avais bien grandi et je n'étais plus cette petite fille d'autrefois qu'on nommait ironiquement la « petite blanche » du village. Mais, des années après,

je n'étais plus cette petite bistrée, cheminant avec fierté dans les places fréquentées d'Essatop, car lorsqu'on me voyait marcher dans le village on me nommait désormais « Nkokom Minega », la femme stérile.
Je cherchais à redéfinir mes desseins. Je n'attendais plus rien de la vie, je me donnais de nouveaux défis, je repeignais mes principes existentiels, une nouvelle vie dans ce désarroi perpétuel, me disais-je, jamais, je n'entendrais les pleurs d'un enfant réclamant le lait maternel. M'extasier devant le sourire d'un nouveau- né effleurant ma tendresse de mère. Je me résignais, je me lamentais, le temps me rappelait sans cesse que je prenais de l'âge et mon ventre jour et nuit pleurait. Et au fond de

moi, j'entendais toujours ces douces et petites voix inaudibles qui me disaient : « Maman ! Maman ! On ne viendra pas dans ce monde ! ».

Plusieurs années s'écoulèrent et, je n'avais toujours pas eu d'enfant. Je vivais seule dans cette France si difficile, lorsqu'on vient d'ailleurs, lorsqu'on a cette peau basanée qui dérange. Malgré le fait d'être Française, je me sentais étrangère, on me le rappelait toujours d'une façon ou d'une autre surtout par cette question de trop : De quelle origine êtes-vous ? Mon origine ! Pourquoi me le rappeler, journellement quand on me demande de m'intégrer.
J'étais ainsi, nostalgique, je me remémorais de ces soirées près de ma famille, mes amis, mes proches. Là-bas, où la pauvreté est notre quotidien. Là-bas, où l'injustice sociale est de toutes les saisons. Mais, dans cette misère berçante, il existe une vraie

fraternité, il existe une vraie hospitalité, là-bas chez moi, on connait ses voisins, on discute avec ses voisins, on partage, on mange avec ses voisins. Le bonheur, c'est aussi de ne pas se sentir seul, quand on l'est. Savoir qu'on a un proche chez qui aller, quand tout va mal, discuter. Oublier les tracas du quotidien, les contraintes administratives qui ne finissent jamais.
Je ne voulais pas finir toute seule. « Une femme qui vit seule a toujours mauvaise image », me disait ma grand- mère.
J'approchais de la quarantaine, et mes tentatives d'avoir un enfant étaient jusque-là, vaines. Alors, je me résignais définitivement. La solitude me pesait énormément, je sortais peu ou presque plus.

Je repensais à toutes ces mésaventures passées et me disais-je au fond de moi, qu'une nouvelle relation me conduirait sans doute trois pieds sous terre. A cet instant précis, je revis défiler dans ma mémoire, trente années de ma vie. Trente bonnes années dévoyées. Une adolescence ensoleillée, mes joies émiettées, mes peines entachées et mes amours saumâtres. J'essuyais mes larmes comme pour tourner la page en regardant vers l'avenir et je consolais mon ventre.

XII

La nuit était tombée en sourdine symphonie mélancolique. Et mon cœur jouait un air de harpe, qui me rappelait ces soirées étranges d'anxiétés de frayeurs outrepassées. Il tomba sur ma ville, un gros orage. L'obscure lueur qui errait sur les ruelles désertes au lointain, peignait la même toile brune des nuits de mon village. Et, depuis la fenêtre de ma chambre, qui donnait sur une vue magnifique d'une ville aux lumières chamarrées, je regardais et contemplais longuement le ballet vibrionnant de la bourrasque déchainée et enchantée qui soufflait sa colère au temps, à la vie, à l'existence. Me demandais-je, dans cette douce évasion et rêverie solitaire, quelle couleur avait le bonheur.

Mon téléphone sonna ! C'était ma mère. Je n'avais pas eu de ses nouvelles depuis plusieurs mois. Elle m'informa de l'arrivée de mon frère ainé en France. Ce dernier souhaitait passer son séjour chez moi. Je restais interloquée. J'ignorais ce que manigançait ma mère et mon frère à mon égard. Je les redoutais et restais méfiante. J'avais en souvenir son précédent séjour chez moi. Il m'était arrivé d'étranges faits. Je fus d'insolites rêves. Une nuit, je le voyais sur moi, le regard amoral pareil à une bête furibonde. De ses yeux sortaient des lames de feu, son visage biscornu s'illuminait. Il récitait une prière maléfique dans une langue inconnue, et me possédait. De sa bouche sortit une langue en forme de fourche et autour de lui, il y avait comme une cohorte de démons et j'entendis une voix familière, celle de ma mère qui lui demandait de prendre le cœur du bébé que je portais en moi. Et le lendemain quand, je me réveillais, j'étais sans vêtements, humectée comme si la veille, j'avais eu des rapports libres. J'informais à ma mère que je ne pouvais pas recevoir mon frère chez moi, elle me demanda les raisons de ce refus, mais la communication fut interrompue… Cela me réjouit. Elle rappela et je regardais sonner le téléphone sans remord.

Deux semaines après, je reçus une visite des plus étonnantes. C'était Léon, mon ex- compagnon, il se

trouvait là, devant la porte de mon appartement, j'étais tétanisée, je n'arrivais pas à croire, ce que je voyais à travers l'œil de bœuf de ma porte. C'était bien, lui, il était accompagné de sa fille.
J'hallucinais ! que faisait-il là, chez moi et depuis quand était-il en France. Il sonna plusieurs fois, mais, je ne répondis pas. Je ressentais comme des bouffées de chaleur qui envahissaient mon corps. Je tremblotais, et ne ressentais plus mes jambes. Puis, je perdis connaissance. J'étais restée plus d'une heure inconsciente devant la porte. Je me relevais timidement en ressentant une lourde fatigue. Puis, de nouveau, je regardais, à travers le lorgneur de ma porte. Ils n'étaient plus là. Je me demandais, si j'avais

rêvé. J'ouvris la porte avec hésitation et frayeur et au seuil de celle-ci, je vis une enveloppe blanche. Il y était marqué mon nom dessus avec une écriture d'enfant. Je réfléchis longuement avant de la ramasser. Je refermais ma porte, et curieuse, j'ouvris l'enveloppe. Il y avait une plume rouge d'oiseau, de la poudre blanche, une aiguille, des bouts de cheveux de femme et un médaillon, un crucifix en bois et une photo de moi. Apeurée, je refermais l'enveloppe et je décidais de la bruler. Anxieuse et bouleversée, j'appelais de suite un ami, à Libreville, avec qui j'avais souvent des discussions sur ces choses étranges et mystiques. Il me recommanda de faire un certain nombre de choses, en me demandant de rester sereine. Je m'exécutais dans l'heure et je me mis à prier la journée entière. Je restais ainsi, enfermée dans ma chambre. Le soir arrivé, on frappa à ma porte ! J'eus très peur, je restais cloitrée sous ma couette. Puis, il eut un long silence. J'entendis des bruits de pas, dans la salle à vivre, de mêmes, des conversations d'hommes et de femmes dans une langue étrange méconnue, mais très proche d'un dialecte parlé dans le nord de mon pays. Je vis, soudainement une image apparaitre dans un coin du plafond de la chambre. C'était celle de mon ex- compagnon Léon. Je lui demandais d'une voix chancelante ce qu'il me voulait. Il me répondit qu'il voulait que je lui fasse un enfant, car sa fille et lui

étaient très malades. Ils avaient
que peu de temps à vivre. Il disait
aller rejoindre bientôt, dans l'autre
monde, son ex- compagne, la
maman de sa fille, la sirène. Je lui
répondis, que tout cela ne me
concernait pas. Et, que je n'avais
aucune intention de vouloir un
enfant de lui. Nous étions séparés
depuis plusieurs années. Il
m'avoua détenir un secret sur ma
stérilité. Puis, il disparut. Mais,
avant, il me demanda de regarder
ce qu'il y avait sous mon lit et me
recommanda de craindre ma mère
et mon frère ainé et certains
membres de ma famille. Quant à
ma tante, l'initiatrice, me dit-il,
elle ne faisait qu'obéir… Il ne
termina pas ses mots. Je
m'empressais, aussitôt, de me
lever du lit et jeter un coup d'œil

en dessous. Et, là, grande fut ma surprise ! Je vis un énorme serpent noir avec une tête d'enfant. Inerte, il avait quelque chose dans son estomac qui l'empêchait de bouger. Je fus littéralement paralysée et en état de choc. J'ai hurlé de toutes mes forces mais aucun son ne sortait de ma bouche. J'ai crié en essayant de me dégager de ma posture, mais je n'y arrivais pas. Alors, je me mis à pleurer, en imaginant ma mort, lente et atroce, dévorée par ce gros serpent noir, aux formes étranges. Soudain, je vis comme une petite lueur, face à moi, une boule de feu, qui tournoyait autour de moi. Et là, d'un coup d'éclat, je me retrouvais comme par enchantement dans la salle de séjour, debout, tenant une bougie allumée et une pierre d'argile rouge à la main. J'avais le visage enduit de kaolin blanc et revêtue d'un pagne noir. Je ne comprenais rien à ce qui m'arrivait. Puis, je vis l'ombre d'une femme qui se tenait debout face à moi, elle m'invita à m'approcher d'elle. J'étais en effroi mais pleine d'assurance. Je m'approchai ainsi, d'elle, et là, je la vis, l'ombre blanche, elle me souriait et nous fûmes aspirées dans une grande cavité noire. Je me retrouvais en une fraction de seconde dans mon village. Je me revoyais sur le lieu où, je cherchais la plante qui devait soigner ma stérilité. Pendant que je m'exclamais à observer mon image projetée, je vis briller une plante d'un vert émeraude, chatoyant, qui me parlait dans un langage mystérieux. L'ombre blanche s'approcha et me dit :

-Elle te demande de la cueillir et d'en faire bon usage. Respecte là, protège ses semblables et elle te donnera ce que tu attends d'elle.

Je restais émue et pantoise, je ne croyais pas à ce dont, je venais d'assister. Une plante qui parle ! C'était impensable ! Voire Inimaginable ! Je prononçais des paroles dont, j'ignorais le sens, je fus comme transportée par une force inconnue. Je parlais à cette plante mystérieuse comme si, je m'adressais à un humain.
Une fois, la plante dans mes mains, je la scrutais avec curiosité et fascination. Puis, brusquement, j'entendis un grondement de tonnerre, comme si les cieux s'ouvraient au-dessus de ma tête et

tout s'obscurcit en une fraction de temps. Je me retrouvais, chez moi, dans mon appartement en France. Je tenais dans mes mains la plante prodigieuse que j'avais tant espéré trouver. J'étais à la fois troublée et heureuse. Mais, soudainement, désillusionnée, car, j'avais certes, la plante en ma possession mais, j'étais seule dans ma vie, pas d'homme, pas de compagnon, ainsi, pas de possibilité d'avoir un enfant. J'étais confuse. J'eus envie de pleurer de nouveau sur ma vie. Très vite, j'essuyais mon chagrin. Il me fallait réfléchir et percevoir les choses autrement. J'étais désormais en possession de cette plante. Comment pouvais-je l'utiliser et voir ses effets. Je me souvins alors, d'une amie qui me racontait souvent ses problèmes de stérilité. Elle avait tout essayé en vain. Et naguère, elle avait effectué un voyage en Afrique au Bénin, pour trouver un remède à son problème de stérilité, mais c'était sans succès. Je pensais fortement à elle. Je pris la résolution de la joindre de suite, en l'invitant à passer chez moi. En revanche, je m'interrogeais sur l'effet qu'aurait la plante sur elle. Sachant, qu'elle m'était destinée.

Deux jours plus tard, mon amie vint me voir. J'étais très réjouie de la recevoir. Nous étions très complices, les premières années, lorsque, j'aménageais toute seule, dans cette petite ville. Elle était ma confidente, mon oreille attentive, qui veillait à mes peines de cœur, et à mes angoisses de la vie. Quand l'existence austère journellement, me crachait sur le visage. Elle vivait à l'autre bout de la ville à une heure de mon quartier. C'était une femme très dévouée à son époux, elle se lamentait de ne pas pouvoir lui donner l'enfant qu'il désirait tant. Lui, qui était fils unique et orphelin.

Je lui racontais, brièvement ce qui m'était arrivée. Elle vit la plante, et n'en revenait pas. Elle resta un long moment sceptique. Puis, m'avoua que nos mésaventures étaient presque similaires. Elle refusa ma proposition, car elle savait au fond d'elle, combien, je souhaitais plus qu'elle, un enfant dans ma vie. Puis, je la persuadais de prendre la plante en lui rappelant qu'elle au moins avait plus de chance que moi, de recouvrer la fécondité. Elle accepta d'essayer le traitement avec la plante mystérieuse, en me remerciant de tout cœur.

Trois mois passèrent sans nouvelles de mon amie. Un matin d'hiver, elle m'appela en larmes, m'annonçant qu'elle était enceinte d'un mois et qu'elle n'en revenait pas. Elle ne cessait de me remercier, tellement, elle était enjouée, et me fit la promesse de donner à son enfant, mon nom en témoignage de notre amitié. J'étais très heureuse pour elle.

J'appris par la même occasion que mon ex- compagnon Léon et sa fille étaient décédés. J'eus beaucoup de peine pour eux. Pendant plusieurs mois, j'avais coupé tout contact avec mes parents. Je ne donnais plus de mes nouvelles. J'envisageais partir à l'aventure. Tout laisser, tout quitter. Partir là, où mes émotions m'emmèneraient. Chercher une autre vie, fuir mes rêves, mes songes, mes terreurs nocturnes, fuir ce que j'étais. Découvrir d'autres chemins, croire à un autre destin.

Certaines blessures du passé, ne devraient pas continuer à saigner et entacher nos vies. Je cherchais désespérément dans ce périple incertain de l'existence cet être, qui partagerait ma vie, comprendrait mes silences et accompagnerait mes longues nuits d'angoisse et d'anxiété. J'ignorais où tous les chemins de la vie me mèneraient. Mais, éreintée de tout, et ma foi égarée, et l'enfer me dévisageant, l'âme rapatriée, je décidais de rendre ma liberté.

XIII

L'hiver avait duré plusieurs mois et s'était installé avec le printemps timide qui recherchait quelques rayons de soleil pour laisser épanouir des fleurs bariolées. Et moi, je me cachais du temps frisquet qui m'invitait à dormir en longueur de journée. Je ne me sentais pas bien. Des étourdissements constants et une perte d'envie d'avaler le moindre aliment me laissait perplexe. Je pris la résolution de voir mon médecin traitant après un certain nombre de jours. Je voulais avoir le cœur net et me débarrasser de toute idée confuse. Mais, je m'interrogeais en longueur de journée. Je décidai de me lever après avoir pris un grand bol d'air frais depuis le rebord de ma fenêtre. Appréciant un brin de soleil qui venait s'évanouir sur ma frimousse émoussée. J'avais retrouvé l'envie de vivre, le plaisir de savourer les instants de gaieté. La vie me chantait ses refrains de bonheur pareil aux romances d'amour qui vous transportent quotidiennement et vous invite à blairer à tout vent, le cœur aux yeux, l'âme inoculée contre les tourments d'aventures. J'étais amoureuse. Oui, de la vie, des plaisirs qu'elle partageait avec moi. De ses murmures dans le creux de mes émotions. De ses airs comme des parfums allogènes qui convolaient avec mes humeurs azurées. J'avais laissé mon passé, loin derrière. Toutes ces épluchures de sentiments, toutes ces ronces de trahisons et d'amour inespéré ne perturbaient plus mon équilibre affectif. J'étais transformée. La vie me lisait chaque jour un psaume nouveau et je me plaisais ainsi. Je redécouvrais mes passions, je m'offrais à la vie comme elle s'offrait à moi. Sans attache, sans repentirs, sans principes, sans destinée, juste un amour libre et idoine.

Le jour me caressait en soleil timide et rieur. Je pris mon petit déjeuner à la hâte. Un peu de confiture à l'orange amère sur du pain rassis. Un verre de lait tiède et ma journée pouvait commencer. Je triais des vieux magazines posés sur ma table et des courriers non

lus dont je connaissais le contenu sans avoir eu à les ouvrir. Plus rien ne m'inquiétait désormais.
J'appelai mon médecin et pris rendez- vous pour la fin d'après-midi. On sonna, dans l'heure chez moi, je me précipitais d'ouvrir la porte sans demander qui c'était au préalable et là, stupéfiée, le regard engourdi, je perdis connaissance.
Je me réveillais quelques heures plus tard allongées dans une pièce d'une blancheur troublante. Et devant moi se tenait un jeune homme, tout de blanc vêtu, peu rasé, la trentaine passée, un stéthoscope autour du cou, tenant dans ses mains une pile de papiers, le regard allègre. Il me sourit et me demanda comment je me sentais. Puis, je lui demandais d'un air assommé ce que je faisais là et

comment avais- je fais pour me retrouver dans cette chambre d'hôpital.

-Vous avez perdu connaissance chez vous ce matin, madame ! Et, un jeune homme qui était passé vous voir, a appelé les services compétents afin de vous conduire dans un établissement hospitalier proche de chez vous. Car, vous étiez plusieurs heures durant inconsciente, il a laissé ses coordonnées. Alors, nous vous avons pris en charge en vous faisant certaines analyses et examens pour déterminer les raisons de votre évanouissement brusque qui vous a conduit ici.

-Je me souviens à présent de l'incident docteur ! Je reste encore perplexe ! J'avais cru voir devant ma porte ce matin avant de perdre connaissance, un proche disparu ! Cela semble insensé, je l'admets ! Savez- vous sans m'en abuser comment se nomme la personne qui m'a accompagnée jusqu'ici, s'il vous plait docteur ?

-Alors, il y a un numéro de téléphone et le monsieur se prénomme Léon ! J'ignore s'il s'agit de la personne que vous aviez cru voir…

A l'annonce de ce prénom, je revivais en mémoire de trouble l'incident après avoir ouvert spontanément la porte. C'était bien mon ex- compagnon Léon que j'avais cru voir à ma porte, bien portant, bien vivant. J'étais de nouveau désemparée. Puis, me voyant anxieuse et évadée, il reprit la conversation sans n'être inquiété de rien.

-Félicitations ! Je pense que vous l'ignoriez, vous êtes enceinte ! Les examens l'ont révélé. Heureuse nouvelle !

Enceinte ! Je n'en revenais pas ! Comment est-ce possible ! Je le demandais au médecin. Ce dernier ne comprenant rien, me regardait étonnamment.

-Cette nouvelle ne semble pas vous réjouir madame !

-Vous ne pouvez comprendre docteur ! Je suis juste abasourdie ! Et, je n'en reviens pas ! Je vis toute seule, je n'ai pas d'homme dans ma vie, comment est-ce possible dans ce cas de tomber enceinte ? En êtes-vous vraiment sûr ?

-Bien sûr, madame ! Vous le constaterez par vous-même à travers les échographies que vous apportera ma collègue. En vous souhaitant un bon rétablissement et surtout prenez soin de vous ! Ma collègue passera vous voir, vous verrez avec elle si vous avez des questions concernant le suivi de votre grossesse. Madame !

-Au revoir docteur et merci pour tout !
Je restais toujours effarée, je ne comprenais pas ce qui m'arrivait. Je sentis une grande fatigue m'envahir et je ne tardai pas à fermer les yeux. L'air de la pièce devenait plus froid. Tout paraissait soudainement sombre et une lumière éclatante surgit du bas de la porte. Comme un éclair éclaboussant apparut l'ombre

blanche face à moi. Son visage se dévoilait enfin à mes yeux troublés. Je la vis, sans son voile de lumière, sans son regard miroitant. Elle me sourit et me dit d'une voix apaisante : « Ne cherche pas à comprendre d'où vient le cœur de ton ventre. Porte cette grossesse avec amour et tourne le dos à ton passé. Les larmes de désespoir font place désormais aux larmes de joie. Ouvre tes mains et nourris les branches de l'arbre de ta destinée. Je suis toi, ta voix secrète, ta pensée sourde, tes yeux intérieures. Je porte ton signe, l'étoile de ta vie. Ne me cherche jamais, car où tu es, je suis. »

Avant, de disparaître, l'ombre blanche posa délicatement sa main gauche sur mon ventre. A cet instant, je sentis bouger quelque chose en moi. Puis, je poussai un léger frémissement. Elle retira sa main, mais, j'avais toujours la sensation de la ressentir sur moi. Une douleur vive me traversa furtivement en parcourant mon corps entier. Elle me rassura et me recommanda de parler à mon ventre. Je m'exécutais et me mis à lui parler en le caressant. Elle me dit en suite d'une voix mélodieuse et sereine : « ouvre ton cœur à l'amour, apprends à lire sur les lignes de tes mains, tu rencontreras cet homme dont le parfum de la tendresse à la senteur de l'apaisement. Dis- lui que tes larmes de douleur d'hier n'ont pas altérées ton cœur et que l'espérance a eu raison de la

résignation. Aime sans peur, ton passé est désormais loin derrière. Ta mère entendra de son sein le cri de tes jumeaux… »
A ces mots elle disparut tel un éclair radieux. Un grand bruit me fit sursauter et je me réveillais comme transportée et sereine. Soudainement arriva l'infirmière. D'un grand sourire, elle s'avança vers moi, me salua et me demanda comment je me portais. Mais, j'entendais à peine ce qu'elle me disait. J'étais plongé dans mes pensées. Je ne comprenais pas pourquoi l'ombre blanche me parlait de jumeaux. Etais-je enceinte des jumeaux ? Et ma mère qu'avait- elle avoir ? Je n'y comprenais rien à tout ça !
L'infirmière s'était rendue compte

que j'étais pensive, et me fit signe en m'interpellant deux fois. Puis, elle interpréta mes résultats d'examen et m'annonça avec un grand sourire que j'attendais des jumeaux. Cela paraissait hallucinant et incompréhensible ! Je n'en revenais pas. Je cherchais dans les méandres de mes pensées et souvenirs. A quelle période j'aurai pu avoir une aventure et quand remontait ma dernière relation. J'étais perdue. Je scrutais ma mémoire, la fouillant de fond en comble comme un tiroir mal rangé. Je revins à moi, un moment, répondant toute sidérée à l'infirmière qui ne comprenait pas ma question qui sonnait comme un refrain. « Comment est- ce possible ? »

-Pardon madame ! Comment est-ce possible quoi ?

Je lui fis comprendre simplement pour éviter une discussion confuse, que j'étais très surprise de cette bonne nouvelle. Car, j'ignorais que j'étais enceinte et de plus apprendre par la même occasion que j'attendais des jumeaux… je ne réalisais pas le bonheur qui m'envahissait. J'étais simplement heureuse et ahurie. L'infirmière prit congé de moi en me recommandant de bien prendre mes repas et de rester sereine.
La journée ne tarda pas à se finir. Assise sur le lit, je vis des petites lueurs d'un ocre orangé, se glisser près de moi. Je levais ainsi les yeux vers la grande fenêtre en baie

vitrée de la chambre d'hôpital et j'apercevais se coucher paisiblement le soleil comme mes pensées harassées qui s'en allaient mourir dans les tréfonds de ma conscience blême. Le silence s'installa tout doucement après les bruits saccadés des longs couloirs interminables de l'hôpital.
Tout me paraissait irréel, j'avais l'impression d'être dans un de mes songes perpétuels. Mais, tout cela était bien vrai. J'étais enceinte. Un miracle ! Non, je ne croyais pas aux miracles ! Une providence divine ? Peut- être ! Je lampais d'un trait mon verre d'eau comme pour taire mes émotions …

La vie nous réserve parfois des moments inattendus et inimaginables. Je m'arrêtais d'angoisser et pour une fois je voulais simplement vivre ; Vivre et goûter au plaisir de cette maternité tant cherchée. Je refermais mes yeux et me laissais conduire dans les multiples vies de mes rêves.
Me disais-je l'âme apaisée, au bout des peines se trouve l'espérance gagnée.

(Tiré de la nouvelle : Les larmes du ventre de Jannys KOMBILA)

© 2018, N. Ebang, Nelly
Edition : Books on Demand,
12/14 rond-Point des Champs-Elysées, 75008 Paris
Impression : BoD - Books on Demand, Norderstedt, Allemagne
ISBN : 9782322118052
Dépôt légal : mai 2018